www.casterman.com

Imprimé en France par PPO Graphic, 93500 Pantin
Dépôt légal février 2003 ; D2003/0053/2.
Déposé au ministère de la justice (loi n° 49.956 du 16 juillet 1949
sur les publications destinées à la jeunesse).

ISBN 2203525029

GABRIELLE VINCENT

ERNEST ET CÉLESTINE
musiciens des rues

casterman

– Regarde, Célestine, il pleut dans le grenier. Il va falloir faire réparer le toit avant l'hiver.
– Mais cela coûte très cher, mon pauvre Ernest ! Comment vas-tu faire ?

– Tu es triste, Ernest ?
– Non, je réfléchis. Il faut trouver de l'argent !

– Ernest, j'ai peut-être une idée…
  Où est ton violon ?
– Au grenier, pourquoi ?

– Va le chercher, Ernest !
– Non Célestine !
  Il est temps d'aller dormir.

– Hé bien moi, je le trouverai,
le violon d'Ernest !...

– Ernest ! Hé Ernest !

– Regarde, je l'ai trouvé !

– Mais si, Ernest, vas-y !

– Tu es folle Célestine !

– Je t'en supplie, Ernest, pour une fois, fais ce que je te demande ! J'ai une bonne idée !

– Je voudrais dormir, Célestine !
– Continue, Ernest. Demain, nous irons jouer
dans la rue.

– Je suis fatigué !
– Où sont tes musiques ?
Ah ! oui ! moi je sais… Attends.

– Les voilà !

– Ça suffit ?
– Non joue encore, Ernest. C'est trop beau !

– Qu'en dis-tu ?
– C'est magnifique, Ernest !

– Alors, c'est promis, n'est-ce pas, Ernest ?
Demain, nous irons jouer dans la rue ?

– Tu crois vraiment que je peux m'habiller comme ça, à mon âge, Célestine ?

– Je tremble, Célestine !
– Ferme les yeux, Ernest…

– Ça ne sert à rien, Ernest, pas un sou.
– Viens, on rentre.

– Le violon, c'est fini pour moi, Célestine. FI-NI.
– Non, je t'en supplie, Ernest… Écoute : Si je chantais avec toi ?

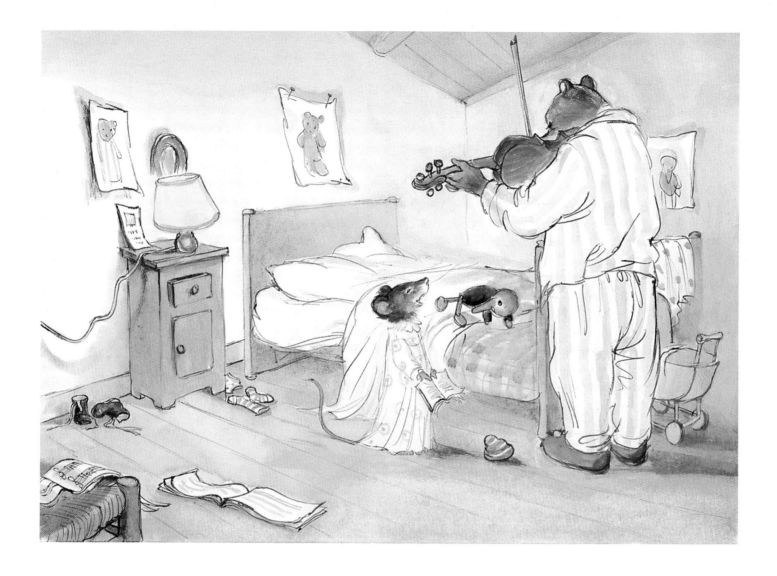

– Mais où as-tu appris toutes ces jolies chansons?

20

– Oh! Ernest, j'ai oublié de mettre
mes bottines!

– J'ai peur, Ernest!
– Ferme les yeux, Célestine!

– Nous sommes riches ! RICHES !
– Viens, Célestine, nous allons faire les courses.

– Je parie que c'est une écharpe !
– … et moi, je parie que ce sont des pantoufles !

– Mais, Ernest, nous avons presque tout dépensé. Et le toit ?
– Bah ! ce sera pour la prochaine fois !